AF596835

JEPHTÉ,

TRAGEDIE,

Tirée de l'Ecriture Sainte;

REPRÉSENTÉE
POUR LA PREMIERE FOIS,
PAR L'ACADEMIE ROYALE
DE MUSIQUE;

Le Mardy quatriéme jour de Mars 1732.

DE L'IMPRIMERIE
De JEAN-BAPTISTE-CHRISTOPHE BALLARD,
Seul Imprimeur du Roy, & de l'Académie Royale de Musique.

M. DCCXXXII.

AVEC PRIVILEGE DU ROY.

LE PRIX EST DE XXX. SOLS.

PREFACE.

CE n'a pas été ſans trembler, que j'ay entrepris de mettre ſur le Theâtre de l'Academie Royale de Muſique, un Sujet tiré de l'Ecriture Sainte : Des Amis judicieux avoient beau me repréſenter que ce genre de Tragedie n'étoit nouveau que par rapport au lieu où j'allois l'introduire, & que ces Matieres reſpectables étoient encore plus propres au Chant qu'à la ſimple déclamation; j'avois la prévention à combattre : Et la prévention ne ſe donne pas la peine de raiſonner.

Ceux qui ſe livroient le plus à cette premiere ſurpriſe qui fait condamner aveuglément tout ce qui porte un caractere de nouveauté, ou de hardieſſe, me faiſoient ſur tout, un monſtre de la Danſe : Tout cela ne m'empeſcha point d'affronter le peril; la gloire qui y étoit attachée le diminuoit à mes yeux, à meſure que j'avançois dans une ſi penible carriere.

Mon Ouvrage parût enfin. Les premiers Juges à qui je le preſentay, tout informe qu'il étoit encore, me loüerent d'avoir choiſi un Sujet auſſi intereſſant que le Sacrifice de JEPHTE'; & les larmes qu'une grande Princeſſe * répandit à une lecture qu'Elle m'avoit fait l'honneur de me demander, acheverent de me raſſurer.

Quelques autres lectures que j'en fis après ne furent pas moins heureuſes, & me firent concevoir quelque eſperance de ſuccès. C'eſt maintenant au Public de confirmer cette eſperance, ou de la renverſer. Je n'appelleray point de ſa déciſion; Mais, je croy que mes Juges voudront bien me permettre de leur expoſer ma Cauſe, ſans toutefois m'imputer aucune défiance ſur la ſûreté de leurs lumieres.

Je ne diray rien du Prologue, les ſuffrages réunis de ceux à qui j'en ay communiqué le plan me diſpenſent de l'apologie.

* S. A. S. Madame la Ducheſſe DU MAINE.

Les libertez que j'ay prises dans la Tragedie, demandent plus d'indulgence ; l'Episode d'Ammon peut exciter quelque contradiction ; mais je n'ay pas osé bannir tout-à-fait l'amour profane d'un Theâtre, qui semble n'être fait que pour cette passion frivole. Le grand Corneille ne fut pas moins timide que moy, quand il exposa pour la premiere fois, une Tragedie Sainte aux yeux du Public étonné ; & Severe amoureux eût autant de Partisans, que Polieucte martyr.

L'amour que je donne à la Fille de Jephté pour un Prince idolâtre est justement puny par le peril dont elle est menacée, & ce n'est qu'après en avoir triomphé, qu'elle trouve grace devant le Seigneur.

J'établis dès la seconde Scene du premier Acte, que Jephté n'a vû Iphise que dans l'âge le plus tendre, pour me ménager une Scene de reconnoissance.

C'est icy le lieu de répondre à une Objection qu'on m'a faite. Pourquoy, ma-t'on dit, Iphise dans l'entre-Acte du Second au Troisiéme, ne s'est-t-elle pas annoncée à son Pere ?

Je réponds à cela, que la bienséance ne luy permettoit pas de se faire connoître à Jephté, sans luy être presentée par Almasie sa Mere, & c'est pour cette raison que je luy fais dire dans un *à parte*, qui finit le second Acte : C'est à Dieu qu'elle s'adresse :

Je ne puis resister à mon impatience.
Seigneur, un seul moment, je ne veux que le voir,
Et je vole où m'appelle un plus sacré devoir.

C'est-à-dire au Temple, où sa Mere l'a devancée.

Voicy une seconde réponse à la même Objection.

Jephté, agité de remords à la premiere vûë de sa Victime, qu'il ne connoît pas ; Ordonne à tout le monde de se retirer ; n'est-ce pas à sa Fille à donner l'exemple de l'obéïssance qu'on doit aux ordres de son Souverain ?

Je conviens qu'il n'auroit tenu qu'à moy de placer la reconnoissance à la fin du second Acte ; mais j'ay crains de le surcharger de Scenes. Il y a une certaine mesure de temps, dans laquelle un Auteur doit se renfermer, s'il ne veut s'exposer à ennuyer les Spectateurs.

Pour ce qui regarde le Ballet, dont on me faiſoit un obſtacle inſurmontable, je ne comprens pas ſur quoy on pouvoit ſe fonder, pour l'exclure de ma Tragedie. L'Art de danſer n'eſt-il pas de tous les temps? & ne convient-il pas à tous les Peuples? La Nation Juifve ne s'y adonnoit-elle pas autant que toutes les autres? David, le plus Saint des Roys, ne danſa-t-il pas devant l'Arche du Seigneur, comme font mes Guerriers dans mon premier Acte? La Fille de Jephté n'alla-t-elle pas au devant de ſon Pere, Vainqueur des Ammonites, avec des Tambourins & des Danſes? Ce ſont-là les propres termes de la Sainte Ecriture. Peut-on me blâmer d'y avoir pris la Fête de mon ſecond Acte? Pouvois-je mieux être authoriſé? Les Tribus d'Iſraël, reconnoiſſant Jephté pour leur Souverain, peuvent-elles marquer avec plus d'éclat les acclamations generales, que par ces mêmes Danſes, qui, chez d'autres Peuples, ont été des Céremonies de Religion. Je ne dis rien de la Fête du quatriéme Acte; Elle eſt compoſée de Bergers & de Bergeres, qui viennent rendre hommage à leur Princeſſe: Quoy de plus naturel que leurs Danſes paſtorales? Au reſte, on a pris ſoin d'en bannir l'indécence; & je ne crois pas que les plus ſéveres Cenſeurs en puiſſent demander davantage.

Ce qui me reſte à juſtifier dans ma Piece, c'eſt le party que j'ay pris de ſauver la Fille de Jephté: Mais combien d'Interprêtes, tant Juifs que Chrétiens, ne ſont-ils pas du ſentiment, que j'ay adopté, comme le plus favorable à ma Tragedie?

CHANGEMENTS ET RETRANCHEMENTS dans toute la Piece.

PAge 5. *Vien; répands le trouble & l'effroy*, Retranché.

Page 10. les 5. premiers Vers, *Retranchez.*

Le premier Vers du Serment doit être compris avec les Vers précédents, en Italique, le Serment ne commençant qu'au Vers *Contre tes ennemis, &c.*

Page 35. les trois derniers Vers, & ceux de la page ſuivante, juſqu'à la fin de la Scene, *Retranchez.*

Page 41. les 4. derniers Vers, & ceux de la page ſuivante, juſqu'à la fin de la Scene *Retranchez.*

Page 42. SCENE VII.

Le ſecours eſt tout prêt, liſez, *Non, vous ne mourrez pas.*

Page 47. L'ACTE cinquiéme eſt nouveau.

PERSONNAGES
DU PROLOGUE.

APOLLON,	Monſieur Dun.
APOLHYMNIE,	Mlle. Mignier.
TERPSICORE,	Mlle. Dun.
VENUS.	Mlle. Petitpas.
Troupe de Divinitez fabuleuſes.	
Troupe de Peuples.	
LA VERITE',	Mlle. Eermans.
VERTUS, *de la ſuite de la Verité.*	

La Scene eſt ſur le Theâtre de l'Academie Royale de Muſique.

DIVERTISSEMENT
DU PROLOGUE.

SUIVANTS ET SUIVANTES de Terpſicore ;

Meſſieurs Bontemps, Matignon, Dupré, Dumay, Hamoche.

Meſdemoiſelles Lamartiniere, Feret, Durocher, Thybert, Rabon.

PROLOGUE.

Le Theâtre repréſente un Lieu deſtiné pour des Spectacles ; Toutes les Divinitez fabuleuſes y ſont aſſemblées.

APOLLON, POLHYMNIE & TERPSICORE, s'avancent ſur le devant du Theâtre.

SCENE PREMIERE.

CHOEUR.

Eaux Lieux, où nôtre gloire éclatte,
Faites-nous à jamais regner ſur les Mortels ;
Que la douce erreur qui les flatte,
Dans leurs cœurs enchantez, nous dreſſe des Autels.

APOLLON.

Vous, qu'avec Apollon en ces lieux on adore,
Sçavante Polhymnie, aimable Terpſicore ;
Par vos chants, par vos jeux, ſecondez mes deſirs ;
Ce Temple ſeul nous reſte encore ;
Faiſons-y regner les plaiſirs.

APOLLON, POLHYMNIE, ET TERPSICORE.

Qu'à nos justes vœux tout réponde ;
Mortels, accourez en ces lieux ;
Le soin le plus pressant des Dieux,
C'est la felicité du monde.

SCENE II.

Les Peuples s'assemblent pour voir le nouveau spectacle, TERPSICORE & sa Suite dansent.

VENUS.

Riez sans cesse
Pendant la jeunesse ;
Que la Raison
Attende sa saison.

CHOEUR.

Rions sans cesse, &c.

VENUS.

Non, le bel âge
N'est pas fait pour être sage ;
Suivez vos desirs ;
Livrez-vous aux plaisirs.

CHOEUR.

Non ; le bel âge
N'est pas fait pour être sage ;
Suivons nos desirs ;
Livrons-nous aux plaisirs.

On danse.

VENUS.

VENUS.

Dans ces beaux lieux, on ne reſpire
Que les plaiſirs, les ris, les jeux;
L'Amour y tient ſon doux empire;
Soyez heureux;
Il prévient vos vœux.

CHOEUR.

Dans ces beaux lieux, on ne reſpire, &c.

VENUS.

Ce Dieu charmant ſemble vous dire
Que tous vos ans
Ne ſont qu'un Printemps;
Ne faut-il pas chanter & rire,
Pendant le cours des plus beaux jours?

CHOEUR.

Ce Dieu charmant ſemble nous dire, &c.

Aprés les danſes, on entend une douce Symphonie.

APOLLON, POLHYMNIE, TERPSICORE.

De quels nouveaux Concerts ces voutes retentiſſent!
Nos chants ſont moins harmonieux;
D'où vient que ces lieux s'obſcurciſſent?
Quel éclat fait briller les Cieux!

Le Théâtre s'obſcurcit, à meſure que le Ceintre s'éclaire.

LA VERITE' & les VERTUS qui l'accompagnent, deſcendent du Ciel dans une gloire, au bruit d'une Symphonie harmonieuſe.

SCENE III.

LA VERITE', les Vertus qui l'accompagnent, Et les Acteurs de la Scene précédente.

LA VERITE'.

FAntômes séduisants, Enfants de l'imposture,
Osez-vous soûtenir ma clarté vive & pure?
Cachez-vous dans l'obscurité,
Où mon brillant aspect vous plonge;
Il est temps que la Verité
Fasse évanoüir le Mensonge:
C'est trop abuser l'Univers;
Rentrez dans les Enfers.

CHOEUR de Divinitez fabuleuses.

Nous bannir de ces lieux! quel mépris! quel outrage!

LA VERITE'.

Obeissez.

CHOEUR

O desespoir! ô rage!

Les Divinitez fabuleuses s'abîment.

SCENE IV.

LA VERITE', & sa Suite.

LA VERITE'.

TRoupe immortelle comme moy,
Vertus, ornez ces lieux pour un nouveau Spectacle;
Annoncez aux Mortels la redoutable loy,
Du Dieu seul dont je suis l'oracle:
Retirez du tombeau, le malheureux Jephté,
Rapellez son vœu témeraire;
Au soin d'instruire, adjoûtez l'art de plaire;
Vous pouvez adoucir vôtre severité.
Mais, qu'aucun faux-brillant n'altere
La splendeur de la verité.

CHOEUR.

Triomphez, Verité constante,
Regnez à jamais en ces lieux;
Dispensez aux Mortels la lumiere éclatante,
Que vous leur apportez des Cieux.

LA VERITE'.

Un Roy qui me chérit dès l'âge le plus tendre,
Fait son unique soin de marcher sur mes pas:
Il veut qu'en ces heureux climats,
Ma seule voix se fasse entendre.

Qu'il triomphe par moy, quand je regne par luy;
Que la Terre, le Ciel, qu'à l'envy tout conspire
A faire fleurir un Empire
Dont je suis le plus ferme appuy.

CHOEUR.

Triomphez, Verité constante;
Regnez à jamais en ces lieux;
Dispensez aux Mortels la lumiere éclatante
Que vous leur apportez des Cieux.

FIN DU PROLOGUE.

ACTEURS
DE LA TRAGEDIE.

JEPHTE', *Prince de Galaad, Chef des Hebreux,*	Mr. Chassé.
PHINE'E, *Grand-Prêtre,*	Mr. Dun.
AMMON, *Prince Ammonite, Prisonnier,*	Mr. Tribou.
ALMASIE, *Femme de Jephté,*	Mlle. Antier.
IPHISE, *Fille de Jephté & d'Almasie,*	Mlle. Lemaure.
ELISE, *Suivante d'Iphise,*	Mlle. Petitpas.
ABDON, *Confident de Jephté,*	Mr. Dumast.
ABNER, *Confident d'Ammon,*	Mr. Goujet.
Troupe de Guerriers, de Prêtres & de Levites.	
UN HEBREUX,	Mr. Dumast.
Troupe d'Habitants de Maspha, Chefs de Tribus.	
UN HABITANT,	Mr. Gouget.
UNE HABITANTE, UNE BERGERE, UNE ISRAELITE,	Mlle. Petitpas.
*Troupe de Bergers, de Bergeres, & de Compagnes d'*IPHISE.	

La Scene est à Maspha, Capitale de Galaad.

ACTEURS DANSANTS DE LA TRAGEDIE.

PREMIER ACTE.

GUERRIERS;

Monſieur Laval;

Meſſieurs Savar, Javilliers, Dumay, Dupré, Bontemps, Matignon, Dangeville, P-Dumoulin.

SECOND ACTE.

ISRAELITES;

Monſieur Malter-C.;

Mademoiſelle Camargo;

Meſſieurs Malter-L., F-Dumoulin, Dangeville, P-Dumoulin.

Meſdemoiſelles Thybert, Durocher, Feret, Favre.

TROISIE'ME ACTE.

CHEFS DE TRIBUS;

Monſieur D-Dumoulin;

Meſſieurs Javilliers, Savar, Dupré, Dumay.

Meſdemoiſelles Durocher, Richalet, Rabon, Carville, Lamartiniere.

QUATRIE'ME ACTE.

BERGERS ET BERGERES;

Mademoiſelle Sallé;

Meſſieurs Javilliers, Dupré, Malter-L., Hamoche.

Meſdemoiſelles Richalet, Feret, Thybert.

Meſdemoiſelles Durocher, Carville, Lamartiniere, Favre.

CINQUIE'ME ACTE.

PEUPLES

Habitants des Rivages du Jourdain ;

Mademoiselle Sallé ;

Mesdemoiselles Durocher , Feret , Richalet , Rabon, Carville , Lamartiniere.

Monsieur Javilliers ;

Messieurs Dupré , Savar , Matignon , Malter-L. , Hamoche.

Acteurs & Actrices Chantants dans tous les Chœurs du Prologue & de la Tragedie.

CÔTE' DU ROY.		CÔTE' DE LA REINE.	
Mesdemoiselles	*Messieurs*	*Mesdemoiselles*	*Messieurs*
Dun.	Dun-Pere.	Antier-C.	Le Myre.
Cartou.	Flamand.	Tettelette.	Morand.
Lavallée.	S. Martin.	Charlard.	Deserre.
Campourcy.	Goujet.	Delorge.	Plet.
Gaumenil.	Lefevre.	Sabatier.	Bourdois.
Chauselet.	Marcelet.	Ducoudray.	Dautrep.
	Deshais.	Desaigles.	Lasalle.
	Buseau.		Besson.
	Duplessis.		Duchesne.
	Combault.		Houbault.
	Bornet.		

JEPHTÉ,

TRAGEDIE,

Tirée de l'Ecriture Sainte.

ACTE PREMIER.

Le Theâtre repréſente le Camp des Iſraëlites en deçà du Jourdain. On découvre les Tentes des Ammonites au-delà du même Fleuve. On voit les murs de Maſpha, au pied deſquels l'Armée Iſraëlite eſt campée.

SCENE PREMIERE.

JEPHTE'.

Rivages du Jourdain, où le Ciel m'a fait naître,
Heureux, & mille fois heureux
Le jour qui vous rend à mes vœux!
Lieux cheris, c'eſt donc vous qu'enfin je vois paraître
Après un exil rigoureux?
Rivages du Jourdain, &c.

Mais quel affreux ſpectacle
Vient frapper mes regards !
Les Ennemis de Dieu, ſans crainte, ſans obſtacle,
Sur ces bords malheureux plantent leurs étendarts :
Que dis-je ? tout perit ſur ces ſanglantes Rives ;
Je voy, de toutes parts nos Peuples diſperſez ;
Sous des Dieux étrangers nos Tribus ſont captives ;
Nos ſaints Autels ſont renverſez !

SCENE II.

JEPHTÉ, ABDON.

ABDON.

SEigneur, nôtre mortelle crainte
Fait place à l'eſpoir le plus doux ;
Bientôt, dans vôtre Camp, vous verrez l'Arche ſainte.

JEPHTÉ.

O Ciel ! la Victoire eſt à nous.
Après le plus mortel outrage,
Pour mon bonheur, tout ſemble enfin s'unir.
Tu ſçais trop avec quelle rage
Des lieux de ma naiſſance on oſa me bannir ;
Il fallût obéir ſans pouvoir m'en défendre :
Heureux, ſi ma Famille eût pû ſuivre mes pas !
Mais l'amour Paternel ne me le permit pas ;
Ma Fille étoit encor dans un âge trop tendre.

ABDON.

La gloire de vôtre retour
Repare toutes vos disgraces ;
Israël opprimé vous rappelle en ce jour ;
Ses nombreuses Tribus vont marcher sur vos traces ;
La gloire de vôtre retour
Repare toutes vos disgraces :
Mais pourquoy dans ces lieux refusez-vous de voir
Et vôtre Epouse & vôtre Fille ?

JEPHTE'.

La gloire du Seigneur fait mon premier devoir,
Nos Tribus, mes Soldats sont toute ma Famille.

ABDON.

Quoy ? l'amour, ny le sang ne peut vous émouvoir !

JEPHTE'.

Dis plûtôt que je me défie
D'un cœur trop prompt à s'attendrir ?
Non, je ne veux rien voir qui m'attache à la vie,
Quand pour sauver mon Peuple, il faut vaincre ou mourir.
On vient, j'apperçoy le Grand Prêtre ;
Assemble nos Guerriers ; cours, l'Arche va paraître.

SCENE III.

JEPHTE', PHINE'E.

PHINE'E.

JEphté, tout Iſraël va flêchir ſous vos loix,
Et la voix du Seigneur confirme nôtre choix.

JEPHTE'.

Dieu deſcend juſqu'à moy du Trône de ſa gloire!
Que ſuis-je devant l'Eternel!
Se peut-il qu'un foible Mortel
Un ſeul moment occupe ſa memoire?

PHINE'E.

Il fait bien plus pour vous, on oſe l'outrager;
Il vous choiſit pour le vanger.
La Tribu d'Ephraim à ſes loix eſt rebelle;
Un Ammonite audacieux
L'invite à ſe ranger du party de ſes Dieux.

JEPHTE'.

Ah! que plûtôt cent fois... nommez-moy l'Infidelle.

PHINE'E.

Ammon.

JEPHTE'.

Qu'entends-je? Ammon! Ce Fils du Roy cruel
Qui déſole tout Iſraël!

Quoy? tout captif qu'il eſt, il rallume la guerre!
Eveille-toy, Dieu des Hebreux:
Périſſe un ſang ſi malheureux;
Hâte-toy d'en purger la Terre.

ENSEMBLE.

Vien; répands le trouble & l'effroy
Sur les ennemis de ta gloire:
Dieu des Combats, remporte la Victoire;
Que la mort vole devant toy.

SCENE IV.

JEPHTE', PHINE'E, Troupe de Guerriers.

PHINE'E.

Guerriers, l'Arche terrible à vos yeux va paraître;
Soyez saisis d'un saint effroy;
De la Terre & des Cieux le redoutable Maître
Dans son auguste sein a déposé sa loy;
Il y prononce ses oracles;
Il y fait briller ses miracles.

O gloire, ô force d'Israël,
Ranime nôtre confiance;
Confirme à jamais l'alliance
Qui nous unît à l'Eternel.

CHOEUR.

O gloire, &c.

JEPHTE' & PHINE'E.

Ennemis du Maître suprême,
Redoutez son couroux vangeur,
La Terre, l'Enfer, le Ciel même,
Tout tremble devant le Seigneur.

CHOEUR.

La Terre, l'Enfer, le Ciel même;
Tout tremble devant le Seigneur.

JEPHTE' & PHINE'E.

Le Jourdain retourne en arriere;
Le Soleil suspend sa carriere;
La Mer désarme sa fureur
En faveur d'un Peuple qu'il aime.

CHOEUR.

La Terre, &c.

JEPHTE' & PHINE'E.

La bruyante Trompette, à l'égal du tonnerre,
Brise les murs d'airain, jette les tours par terre;
Et déclare Israël vainqueur;
Elle va porter la terreur
Chez l'Idolâtre qui blasphême.

CHOEUR.

La Terre, &c.

Bruit de Trompettes.

PHINE'E.

Mais, la sainte Trompette sonne;
L'Arche s'approche: que tout frissonne.
Je la voy, détournez vos prophanes regards.

On voit descendre une nuë lumineuse, qui dérobe l'Arche sainte aux yeux des Israëlites, comme il arriva au temps de Moyse.

Quel nuage éclatant descend & l'environne;
La gloire du Seigneur brille de toutes parts.

SCENE V.

JEPHTÉ, PHINÉE, Troupe de Guerriers, de Prêtres & de Lévites.

PHINÉE.

Bannissez l'effroy qui vous presse;
Le Ciel va combler vos desirs:
Livrez vos cœurs à d'innocents plaisirs;
Faites-tous éclater une sainte allegresse.

On danse.

Un doux espoir vous est permis,
Ranimez vôtre ardeur guerriere;
Marchez, courez, volez, que tout vous soit soûmis;
Dispersez comme la poussiere
Vos plus superbes Ennemis.

SCENE VI.

ABDON, & les Acteurs de la Scene précédente.

ABDON, à JEPHTE'.

SEigneur, nos Ennemis menacent nos rivages,
Les flots ne sont pour eux que de foibles remparts;
Fiers de leurs premiers avantages,
Ils nous pressent de toutes parts.
Tout le camp est troublé, tout s'allarme, tout tremble;
On ne voit plus que Chefs, & que Soldats épars.

JEPHTE', à ABDON.

Ciel! c'est assez; allez; que sous mes étendards
La Trompette sacrée à l'instant les rassemble.

SCENE VII.

JEPHTE'.

QV'ay-je entendu? tout fuit! tout est glacé d'effroy!
Seigneur, arme mon bras de ton pouvoir suprême,
Il y va de ta gloire-même;
Jephté ne combat que pour toy.
Eh! quoy? diroient enfin ces Peuples de la terre,
Chez qui ton nom terrible est cent fois parvenu?
Ce Dieu si grand, ce Dieu plus craint que le tonnerre,
Ce Dieu des autres Dieux, qu'est-il donc devenu?

Dieu d'Israël, Dieu que j'adore,
Ton zele en ce moment m'embrâse, me dévore.

Grand Dieu! sois attentif au Serment que je fais.
Contre tes Ennemis, si je soûtiens ta gloire,
Le premier qu'à mes yeux offrira mon Palais
Sera sur tes Autels le prix de ma victoire:
Je jure de te l'immoler;
C'est à toy de choisir le sang qui doit couler.

Les flots du Jourdain se séparent, & font comme deux remparts.

Que vois-je? quel heureux présage!
Le Ciel a reçû mon Serment;
Jourdain, c'est pour répondre à mon empressement,
Qu'au travers de tes flots tu m'ouvres un passage.

L'Armée se rassemble auprès de Jephté au son des Trompettes; & Jephté à la tête des Israëlites, passe le Jourdain, pour aller combattre les Ammonites.

FIN DU PREMIER ACTE.

ACTE SECOND.

Le Theâtre représente le Palais de JEPHTÉ.

SCENE PREMIERE.

AMMON, ABNER.

ABNER.

Eigneur, tous les moments sont chers ;
La Tribu d'Ephraim a brisé vôtre chaîne,
Les chemins sont encore ouverts ;
Hâtez-vous, prévenez vôtre perte certaine,
Quittez ce dangereux séjour.

AMMON.

Puis-je quitter des lieux où m'attache l'Amour?

ABNER.

Quoy ? cette ame si fiere, à l'Amour est soûmise !

AMMON.

Eh ! quel cœur peut tenir contre un regard d'Iphise.

ABNER.

La Fille de Jepthé!

AMMON.

Je sçais qu'un Dieu cruel
A son hymen me défend de prétendre,
Et met entre nos cœurs un obstacle éternel.

ABNER.

Ah! fuyez donc sans plus attendre.

AMMON.

Envain à mon secours j'appelle ma fierté,
Un trop charmant Vainqueur tient mon ame asservie;
Helas! c'est pour toute ma vie
Que j'ay perdu ma liberté.

ABNER.

Tandis que du Jourdain le malheureux Rivage
Est encore inondé du plus affreux ravage,
Vous étes libre dans ces lieux;
Mais enfin, si Jephté revient victorieux,
Craignez la mort ou l'esclavage.

AMMON.

Je n'attens en ces lieux qu'un supplice éternel;
Mais l'esclavage, la mort même,
N'ont rien pour moy de si cruel,
Que l'absence de ce que j'aime.

Non; dûssay-je perir, rien ne peut m'ébranler:
Je vois la Beauté que j'adore,
Il est temps de luy réveler
Le feu secret qui me dévore;
Pour la premiere fois, je commence à trembler.

SCENE II.

AMMON, IPHISE, ABNER.

IPHISE, à part.

JE vois Ammon, évitons sa presence.

AMMON.

Vous me fuyez!

IPHISE.

Eh! ne le dois-je pas?
La revolte & le crime accompagnent vos pas;
Vous bannissez des cœurs, la paix & l'innocence.

AMMON.

Calmez vos injustes rigueurs:
Si l'on doit meriter un courroux implacable,
Pour troubler le repos des cœurs;
Qui de nous est le plus coupable?

IPHISE.

Téméraire, arrêtez.

AMMON.

Non, non, jusqu'à ce jour,
Pour garder un cruel silence,
Je n'ay fait à mon cœur que trop de violence;
Je n'y puis, plus long-temps, renfermer tant d'amour.

IPHISE.

Grand Dieu, ton Ennemy m'ose dire qu'il m'aime,
Et je soûtiens encor sa présence en ces lieux!

AMMON.

Eh quoy? de vous aimer, je fais mon bien suprême,
Et je vous deviens odieux!

IPHISE.

Vous attaquez nos Loix, nos Peuples, ma Famille,
Mon Dieu même, ce Dieu que je dois redouter....
Helas! si sur le Pere il punissoit la Fille
Du crime de vous écoûter.....
Fuyons,

AMMON.

C'en est donc fait, nul espoir ne me reste.

IPHISE.

Non, non, n'arrêtez point mes pas.

AMMON.

Grands Dieux!

IPHISE.

Ne les reclame pas
Ces Dieux que je déteste.

AMMON.

Le Dieu que vous servez fût autrefois le mien ;
Mais ce Dieu pour jamais nous a fermé son Temple :
Dieu cruel, mon crime est le tien.

IPHISE.

Arrête ; à l'Univers crain de servir d'exemple ;
Outrage à ton gré tes faux Dieux ;
Mais au Dieu d'Israël, ne livre point la guerre ;
Il regit la Terre & les Cieux,
Et sur le sacrilege il lance le Tonnerre ;
Tremble ; son bras vangeur est prêt à t'immoler.

AMMON.

Je ne crains que de vous déplaire.

IPHISE.

Sauve-toy de ces lieux.

AMMON.

Il faut vous satisfaire ;
Mais, dût ce Dieu cruel à vos yeux m'accabler ;
Sa foudre me fait moins trembler
Que l'éclat de vôtre colere.

SCENE III.

IPHISE.

QV'aye entendu ! j'en ay frémi ;
Seigneur, suspends sur luy ta foudre vangeresse ;
Que dis-je ? ah ! se peut-il que mon cœur s'interresse,
Pour ton implacable Ennemy ?

Mes yeux, éteignez dans vos larmes
Des feux qui dans mon cœur s'allument malgré moy.

Tu vois mes mortelles allarmes,
Dieu puissant, j'ay recours à toy :
Pourquoy faut-il, helas ! que je trouve des charmes
Dans un fatal penchant, condamné par ta loy ?

Mes yeux, éteignez dans vos larmes,
Des feux qui dans mon cœur s'allument malgré moy.

SCENE IV.

ALMASIE, IPHISE.

ALMASIE.

Ma Fille, je succombe à ma frayeur mortelle.

IPHISE.

Vous craignez les malheurs d'une guerre cruelle.

ALMASIE.

Je crains le celeste couroux ;
Il est prêt à tomber sur nous.

IPHISE.

O Ciel !

ALMASIE.

Un songe affreux m'épouvante & me glace;
Heureuse si l'horreur n'en étoit que pour moy !
Mais, helas ! c'est toy qu'il menace.

IPHISE.

Moy !

ALMASIE.

Par mon tendre amour, juge de mon effroy.

A peine, de ses voiles sombres,
La nuit avoit couvert les cieux;
Un nüage éclatant s'est offert à mes yeux;
Il brilloit sur tes pas, tel qu'au milieu des ombres,
Il guidoit autrefois Moïse & nos ayeux.
Je m'applaudissois du présage;
Vain espoir! présage plus vain!
Tout-à-coup, du fatal nüage,
Un éclair entr'ouvre le sein;
Tout m'annonce un affreux orage.
J'entends gronder la foudre; elle part; je la voy.
Je vole à ton secours; elle tombe sur toy.

IPHISE.

Je tremble.

ALMASIE.

Ecoûte-moy, ma Fille;
Pour comble de malheur, Phinée en ce moment
Vient d'annoncer au Peuple un affreux châtiment;
Le crime qui l'attire est dans nôtre famille.

IPHISE, à part.

Ciel! j'entends mon Arrest; vange-toy; j'y consens.

ALMASIE.

Helas?

IPHISE.

Quel soûpir vous échape?
Adorez le Dieu qui me frappe;
Mes jours luy seroient chers, s'ils étoient innocents.

ALMASIE.

Quoy! vous seriez du ciel la coupable victime!
Parlez.

IPHISE.

Quand vous sçaurez mon crime,
Je n'en perdray pas moins le jour;
Il m'en coûtera vôtre amour.

ALMASIE.

Non, rien ne peut jamais vous ôter ma tendresse;
J'en atteste ces pleurs que vous faites couler.

IPHISE.

Plus je vous attendris, & moins j'ose parler.

ALMASIE.

Ouvrez-moy vôtre cœur; c'est moy qui vous en presse.

IPHISE.

Eh bien! apprenez ma foiblesse;
J'aime.... à ce mot, je sens une juste terreur;
J'aime... vous fremirez d'horreur,
Quand vous sçaurez l'Objet de ma foiblesse extrême.

ALMASIE.

Je frisonne, achevez.

IPHISE.

Ammon....

ALMASIE.

Arrêtez, c'est un crime même
Que d'avoir prononcé son nom.
Se peut-il jusques-là que ma Fille s'égare?
Quoy! de nos saints Autels le destructeur barbare....
Tremblez; je vois Abdon, que vient-il m'annoncer?

SCENE V.

ALMASIE, IPHISE, ABDON.

ABDON.

LA victoire.

ALMASIE.

O Ciel! puisse la main qui nous comble de gloire,
N'avoir jamais sur nous que des biens à verser!

Bruit d'Instruments.

Quels doux concerts se font entendre?

ABDON.

Le bruit de nos Exploits que je viens de répandre.
Rassemble nos Peuples heureux.

ALMASIE.

Iphise, à mon deffaut, presidez à leurs Jeux;
Un saint devoir m'appelle au Temple.

IPHISE.

J'y porteray bien-tost & mes pleurs & mes vœux.

ALMASIE.

De l'Auteur de vos jours je vous laisse l'exemple;
Si des Enfants d'Ammon il triomphe aujourd'huy,
Osez aspirer à sa gloire;
Et pour être digne de luy,
Remportez sur vous-même une illustre victoire.

SCENE VI.

IPHISE, Troupe d'Habitans de MASPHA.

CHOEUR.

O Jour heureux ! ô Jour que l'Eternel a fait !
Qu'à son éclat chacun se réjoüisse ;
Que tout Israël applaudisse.
O jour heureux ! ô jour que l'Eternel a fait !
Chaque instant d'un jour si propice
Est pour nous un nouveau bienfait.
O Jour heureux ! ô Jour que l'Eternel a fait !

On danse.

Une Habitante de Maspha, alternativement avec le Chœur.

Nôtre crainte est bannie ;
Qu'une douce harmonie
S'éleve dans les airs.

Bruits terribles des armes,
Ne troublez plus les charmes
De nos sacrez Concerts.

On danse.

L'Habitante de Maspha, alternativement avec le Chœur.

Tout rit à nos vœux ;
Soyons heureux ;
Chantons sans cesse ;
Favorable Paix,
Dans ces beaux lieux regne à jamais.

Que chacun s'empresse
De montrer son allegresse ;
Plaintes, larmes & soûpirs,
Changez-vous en plaisirs.

Trompettes.

UN HABITANT DE MASPHA.

Le Vainqueur en ces lieux s'avance ;
Marchons ; courons le recevoir.

IPHISE, à part.

Je ne puis resister à mon impatience ;
Seigneur, un seul moment, je ne veux que le voir,
Et je vole où m'appelle un plus sacré devoir.

IPHISE suivi du Peuple, va au-devant de Jephté.

FIN DU SECOND ACTE.

ACTE TROISIE'ME.

Le Theâtre représente l'Avant-Cour du Palais de Jephté, orné d'Arcs de Triomphe & d'Obelisques; On y voit un Thrône.

SCENE PREMIERE.

JEPHTE'.

JEPHTE', à ses GARDES.

Llez; retirez-vous; ne suivez point mes pas;
Ciel! j'ay vû ma Victime; & ma bouche timide
N'a pû luy prononcer l'arrest de son trépas.
Détestable Serment où tant d'horreur préside!

Helas! quelle eût été la rigueur de mon ſort,
Si dans mon approche cruelle,
Mon Epouſe, ou ma Fille avoient trouvé la mort!
Almaſie eſt au Temple, Iphiſe eſt avec elle;
Ah! j'en frémis encor, ſans ce devoir pieux,
Leur deſtin dépendoit d'un regard de mes yeux.

O Toy, que mon ame attendrie
A laiſſé ſans obſtacle, éloigner de ces lieux,
Quels pleurs tu vas coûter aux Auteurs de ta vie,
S'il faut que je rempliſſe un Serment odieux!
Mais je voy ma chere Almaſie.

SCENE II.

JEPHTE', ALMASIE.

ALMASIE.

LE Ciel me rend enfin un Epoux glorieux,
Tout céde au doux tranſport dont mon ame eſt ſaiſie.

JEPHTE'.

Que ce tranſport m'eſt cher! Je le ſens comme vous;
Ma tendreſſe eſt toûjours la même:
Mais, les ſoins qu'aprés ſoy traîne le rang ſuprême,
Troublent en ce moment le cœur de vôtre Epoux.

ALMASIE.

ALMASIE.

Iphise est encor dans le Temple ;
Un saint devoir à mon exemple,
Aux pieds de l'Eternel vient de la prosterner :
Puisse-t-elle pour vous, dans cet heureux azile,
Obtenir cette paix tranquille
Que le monde ne peut donner !

IPHISE, paroît au fond du Theâtre.

SCENE III.

JEPHTE', ALMASIE, IPHISE.

JEPHTE', à part.

QUel trouble me saisit ! je revoy ma Victime,
Faut-il la punir de mon crime !

ALMASIE.

Approchez-vous, ma Fille.

JEPHTE'.

O Ciel! que dites-vous ?
Vôtre Fille !

IPHISE, en s'approchant.

O moment trop doux !

Quelle gloire pour moy d'embraſſer un tel Pere!

JEPHTE', en reculant.

Je frémis.

IPHISE.

Quel accueil!

ALMASIE.

Quel funeſte courroux!

IPHISE.

Vôtre préſence m'eſt ſi chere;
Pourquoy détournez-vous les yeux?

JEPHTE'.

Je devrois les fermer à la clarté des Cieux.

IPHISE.

O mon Pere, envers vous de quoy ſuis-je coupable?
Ay-je à vos yeux montré trop peu d'amour?
Au bruit de vôtre heureux retour,
J'ay volé la premiere.

JEPHTE'

Ah! c'eſt ce qui m'accable,
Et mon malheur eſt confirmé!

IPHISE.

Vôtre malheur! parlez; quelle douleur vous preſſe?
Me reprochez-vous ma tendreſſe?

JEPHTE'.

Vous ne m'avez que trop aimé.

IPHISE.

Helas!

JEPHTE'.

Vôtre présence augmente mon supplice.
Eloignez vous.

ALMASIE.

Quelle est vôtre injustice!

JEPHTE', à ALMASIE.

Ostez-moy cet Objet; il me perce le cœur.

ALMASIE.

Allez ma Fille, allez m'attendre
Sur ces bords où l'on voit le Jourdain se répandre.

IPHISE.

J'y vais pleurer mon crime & mon malheur.

SCENE IV.

JEPHTE', ALMASIE.

ALMASIE.

AUtant que je l'ay pû, j'ay gardé le silence;
Mais il faut éclatter, dussiez-vous m'en punir;
De ma juste douleur souffrez la violence;
Je ne puis plus la retenir.

JEPHTE'.

Vôtre douleur est legitime ;
C'est vôtre Fille que j'opprime.
Mais je luy garde encor de plus funestes coups.

ALMASIE.

Ciel !

JEPHTE'.

L'Eternel dans son couroux,
Me la demande pour victime.

ALMASIE.

Pour victime! ma Fille ! ô Ciel ! que dites-vous ?
De vos jours & des miens l'esperance derniere!
Elle vous fût si chere ; elle vous aime.

JEPHTE'.

Helas !
Faut-il que cet amour, au-devant de mes pas,
L'ait fait avancer la premiere ;
Il la conduisoit au trépas.

ALMASIE.

Qu'entens-je ?

JEPHTE'.

Aux yeux d'un Dieu terrible,
J'avois fait un Serment horrible.
Et mes premiers regards devoient être mortels ;
Ce Dieu s'en est vangé sur ma seule famille.
Entre tous les Hebreux, il a choisi ma Fille
Pour ensanglanter ses Autels.

ALMASIE.

Non; Dieu n'accepte pas un vœu ſi temeraire ;
Mais, penſez-vous, Cruel, que nos ſaintes Tribus,
Malgré vos ordres abſolus,
Ne conſerveront pas une Fille à ſa Mere?
Tout Iſraël luy ſervira de Pere,
Puiſqu'enfin vous ne l'êtes plus.

JEPHTE'.

Je ne le ſuis plus !

ALMASIE.

Non, Barbare ;
Eh! que luy ſert un nom & ſi tendre & ſi doux,
Lorſque ſur un Autel vôtre main ſe prépare
A verſer tout le ſang qu'elle a reçu de vous?
Non ; dans la juſte horreur qui de mon cœur s'empare,
Je ne reconnois plus pour l'Auteur de ſes jours
Un ennemi fatal, prêt d'en trancher le cours.

JEPHTE'.

Quel tranſport !

ALMASIE.

Ma douleur a trop de violence ;
Mais vous devez vous-même approuver ce tranſport;
Ma Fille pendant vôtre abſence,
Sur vôtre heureux retour fondoit ſon eſperance ;
Helas ! vous revenez pour lui donner la mort.

JEPHTE'.

Ah! loin de m'accabler, ne ſongez qu'à me plaindre;
De mon Serment trahi, que n'aye point à craindre?
Je me ſuis impoſé d'indiſpenſables loix;
Si je ne ſuis barbare, il faut être perfide;
Et je me vois réduit à l'execrable choix,
Du parjure, ou du parricide.

ALMASIE.

Ne précipitez rien, conſultez l'Eternel.

JEPHTE'.

Eſperez-vous que ma voix le fléchiſſe?

ALMASIE.

Puis-je croire que ſa juſtice,
Vous force d'être criminel?

ENSEMBLE.

Redoutable Dieu des vangeances,
Nos pleurs contre tes traits ſont nos plus forts ramparts
Ah! ſi dans ta rigueur tu jugeois nos offenſes,
Qui pourroit ſoûtenir un ſeul de tes regards?

JEPHTE'.

Soûtien, Dieu Tout-puiſſant, le zéle qui m'enflame.

à ALMASIE.

Le Peuple vient m'offrir un thrône glorieux;
Laiſſez-moy dérober ma foibleſſe à ſes yeux,
Et calmer un moment le trouble de mon ame.

SCENE V.

ALMASIE.

POmpeux apprêts, lieux témoins de ma gloire,
Ah! pourquoy l'êtes-vous encor de mes malheurs?

Vous m'annoncez un jour d'éternelle mémoire.
Mais, helas! qui le pourroit croire?
Il me faut arroser & de sang & de pleurs
Les plus brillants lauriers que donne la victoire.

Pompeux apprêts, lieux témoins de ma gloire,
Ah! pourquoy l'êtes-vous encor de mes malheurs?

Equitable Vangeur des crimes de la terre,
Les fiers Enfants d'Ammon s'élevent jusqu'aux cieux;
Frappe; lance tes traits, fai tomber ton tonnerre
Sur des Mortels audacieux,
Qui t'osent déclarer la guerre.

Bruit de Trompettes.

Quel bruit! fuyons. Grandeur, Thrône, suprême Rang,
Faut-il vous payer de mon sang!

SCENE VI.

JEPHTE', PHINE'E, Chefs des Tribus, & leur Suite.

PHINE'E.

Peuples, que le Ciel a fait naître,
Pour commander un jour aux plus superbes Roys ;
Reconnoissez Jephté pour vôtre Maître ;
Couronnez ses heureux exploits.

Pour le Vainqueur, signalez vôtre zele,
Il fait le bonheur de ces lieux ;
Celebrez sa gloire immortelle,
Que son nom vole jusqu'aux Cieux.

CHOEUR.

Pour le Vainqueur, signalons nôtre zele, &c.

On danse.

Un HEBREU, alternativement avec le Chœur.

Que nos chants dans les airs retentissent.
Loin de nous, Soins fâcheux ;
La Paix vient combler nos vœux.

UNE ISRAELITE.

Il est temps que nos craintes finissent,
Nos plus fiers Ennemis
Sont pour jamais soûmis.

UNE

UNE AUTRE ISRAELITE.

Qu'en ces lieux
Les concerts des Cieux
A nos voix s'unissent.
Chantons-tous, chantons à jamais
Le Dieu qui nous rend l'aimable Paix.

CHOEUR.

Que nos bois s'embellissent
Dans un jour si beau ;
Que nos champs refleurissent ;
Que tout soit nouveau.

Que nos chants dans les airs retentissent.
Loin de nous, Soins facheux ;
La Paix vient combler nos vœux.

PHINE'E.

Jephté, si tu veux qu'on te craigne,
La crainte du Seigneur doit regler tes projets.
Ce n'est pas toy, c'est Dieu qui regne ;
Sois le premier de ses sujets.
Grave au fond de ton cœur sa Parole éternelle ;
Tien sans cesse tes yeux attachez sur sa loy ;
Dans ses serments il est fidelle ;
Ne luy manque jamais de foy.

JEPHTE', à PHINE'E.

Ah! du Maître des Rois, j'entends la loy suprême;
Par vôtre bouche, il s'explique luy-même.

PHINE'E.

Quel trouble vous saisit!

JEPHTE'.

O mortelle douleur!
Malheureux Pere! helas!

PHINE'E.

Quel funeste langage!

JEPHTE'.

Je seray fidele au Seigneur;
N'en demandez pas davantage.

FIN DU TROISIE'ME ACTE.

ACTE QUATRIE'ME.

Le Theâtre repréſente un Jardin arroſé par des ruiſſeaux.

SCENE PREMIERE.

IPHISE.

Uiſſeaux, qui ſerpentez ſur ces fertiles bords,
Allez loin de mes yeux répandre les treſors,
Qu'on voit couler avec vôtre onde.
Dans le cours de vos flots, l'un par l'autre chaſſez,

Ruiſſeaux, helas! vous me tracez
L'image des grandeurs du monde.

Ruiſſeaux, qui ſerpentez, &c.

Mais quel accablement retient icy mes pas?
Que j'ay peine à quitter cette paiſible rive!
Ah! que le repos a d'appas!

Quels sons harmonieux ! l'Onde semble attentive ;
Oyseaux, dont le doux chant vient flatter mes douleurs,
Taisez-vous, ou du moins que vôtre voix plaintive
M'entretienne des maux qui font couler mes pleurs ;
Que tout réponde à mes malheurs.

Elle se repose un moment sur un Lit de verdure.

Envain du doux sommeil, je veux goûter les charmes,
Ma douleur me rappelle à la clarté des Cieux ;
Et c'est pour répandre des larmes,
Que j'ouvre encor mes tristes yeux.

SCENE II.

IPHISE, ELISE.

ELISE.

LEs Habitans de ces belles retraites
Viennent faire éclater l'ardeur qu'ils ont pour vous,
Au son charmant de leurs musettes.

IPHISE.

Bergers, que vôtre sort est doux !
Vous étes plus heureux que nous.

SCENE III.

IPHISE, ELISE, Compagnes d'IPHISE, Troupe de BERGERS & de BERGERES.

CHOEUR.

Nous vivons dans l'innocence ;
Quel bonheur a plus d'attraits !
Nous avons la joüiſſance
Des vrais biens, des biens parfaits ;
Sans l'éclat de la naiſſance,
C'eſt pour nous qu'ils ſemblent faits.

On danſe.

UNE BERGERE, alternativement avec le Choeur.

Que tout brille en ce boccage ;
Ce gazon, ces fruits, ces fleurs ;
Que tout rende un tendre hommage
A qui regne ſur nos cœurs.

Des oyſeaux le doux ramage
Nous enchante dans ces lieux ;
Tout y rend un juſte hommage
Au plus cher préſent des Cieux.

IPHISE.

J'aime à voir vos ſoins empreſſez ;
Mais à l'Auteur de la nature,
Vos chants doivent être adreſſez ;
Ces fruits, ces fleurs, cette verdure,
Tout appartient à ce ſuprême Roy ;
Il en demande les prémices :
Pour attirer ſur vous des regards plus propices,
Immolez-luy vos cœurs, c'eſt ſa premiere Loy ;
Puiſſiez-vous dans vos ſacrifices
Eſtre plus fidelles que moy !

CHOEUR.

Que le Ciel, que la Terre & l'Onde,
Chantent les bienfaits du Seigneur ;
Que tout annonce la grandeur
Du Dieu qui fait le ſort du monde :
Chantez, Oyſeaux, ſecondez-nous,
Ses ſoins deſcendent juſqu'à vous.

SCENE IV.

ALMASIE, & les Acteurs de la Scene précédente.

ALMASIE.

FInissez vos chants d'allegresse.

CHOEUR.

O Ciel! d'où vient ce changement?

ALMASIE.

Puissiez-vous ignorer le malheur qui nous presse!
Bergers, éloignez-vous, laissez-nous un moment.

SCENE V.

ALMASIE, IPHISE, Compagnes d'IPHISE, au fond du Theâtre.

IPHISE.

QUels malheurs ay-je à craindre encore?

ALMASIE.

Ma Fille, ah!....

IPHISE.

Que m'annonce en ce fatal moment,
Ce soûpir? ce gemissement?

Grand Dieu, c'est vous seul que j'implore.

ALMASIE.

Par le grand-Prêtre & par Jephté,
L'Eternel à mes yeux vient d'être consulté;
Que d'horreurs à la fois! je tremble à te le dire;
Le Ciel s'ouvre; l'Autel que je vois s'ébranler,
Semble se refuser au sang qui doit couler;
Le voile sacré se déchire;
Le Grand-Prêtre saisi d'effroy,
Jette un sombre regard sur ton Pere & sur moy;
Vers l'Arche redoutable, en tremblant il s'avance;
Il l'interroge sur ton sort;
l'Arche garde un triste silence;
Et ce silence est l'Arrest de ta mort.

IPHISE.

Je dois mourir, helas! mon amour est mon crime.

ALMASIE.

Pour prix de nos heureux exploits,
On a promis une victime;
Et le Ciel sur toy seule a fait tomber son choix.

IPHISE.

Ah! c'est assez m'en faire entendre;
C'est par ma mort que vous vivez!
Faites dresser l'Autel; je brûle d'y répandre
Un sang qui vous a tous sauvez.

Puissai-je

Puissay-je désarmer la celeste vangeance!

ENSEMBLE.

Seigneur, tout Mortel qui t'offense
Doit être accablé sous tes coups:
Mais, prêt d'exercer ton courroux,
Ressouvien-toy de ta clemence.

ALMASIE.

Dieu redoutable, exauce-nous.
Ma Fille, par tes pleurs, obtien qu'il s'attendrisse;
Moy, je vais retarder le fatal sacrifice.

SCENE VI.

IPHISE, Compagnes d'IPHISE, au fond du Theâtre.

IPHISE.

C'En est donc fait; bientôt cette Terre, ces Cieux,
Ce Soleil; pour jamais tout se voile à mes yeux!

Malheureux un cœur qui se livre
Au vain bonheur qui vient s'offrir!
A peine je commence à vivre,
Qu'il faut me résoudre à mourir.

Du comble des Grandeurs, dont l'éclat m'environne,
Je cours d'un pas rapide à mes derniers instants;
Je ressemble à ces fleurs que l'Aquilon moissonne
Dès le premier jour du Printemps.

Malheureux un cœur qui se livre
Au vain bonheur qui vient s'offrir!
A peine je commence à vivre,
Qu'il faut me resoudre à mourir.

Symphonie triste.

Quels pleurs! Consolez-vous, mes fidelles Compagnes;
La mort, de mes malheurs, va terminer le cours.

CHOEUR.

Pleurons, levons les yeux vers les saintes Montagnes,
D'où peut venir nôtre secours.

SCENE VII.

IPHISE, AMMON.

AMMON.

LE secours est tout prêt.

IPHISE.

Que voy-je?

AMMON.

Belle Iphise,
Le juste Ciel nous favorise;

La Tribu d'Ephraïm vient de s'armer pour vous.

IPHISE.

Qu'entens-je ?

AMMON.

Vous vivrez, ou nous perirons tous.

IPHISE.

Va ; fuy ; tes ſecours ſont des crimes ;
Laiſſe au Dieu que je ſers le choix de ſes victimes.

AMMON.

Quel choix ! en l'apprenant, ſon Peuple en a frémi ;
Et vous obéiriez à ce Dieu ſi barbare !

IPHISE.

Va ; quelque ſort qu'on me prépare,
Je n'ay que toy ſeul d'ennemi.

AMMON.

Vous croyez que Jephté, que vôtre Dieu vous aime,
Lorſque ſur un Autel ils vont vous immoler !
Sauvez-vous.

IPHISE.

Sauve-moy ſeulement de toy-même,
Et je n'auray plus à trembler.

AMMON.

Quel arrêt! c'en est trop; je ne puis y survivre;
A tout mon desespoir vôtre haine me livre;
On a juré ma mort; vous ne l'ignorez pas;
Mon sang versé pourra suffire
A l'injuste fureur qui contre vous conspire;
Et je vous sauveray du moins par mon trépas.

IPHISE.

Ah! Prince, où courez-vous? qu'allez-vous entreprendre?
Ce n'est pas vôtre sang qu'on demande en ces lieux.

AMMON.

Eh! puis-je assez-tôt le répandre?
Ce sang qui vous est odieux!

IPHISE.

Helas!

AMMON.

Vous soûpirez! mon sort vous interesse!
Ah! suis-je en ce moment au comble de mes vœux?
Belle Iphise, est-ce à moy que ce soûpir s'adresse?
Et de tous les Mortels, suis-je le plus heureux?

IPHISE.

O Ciel!

AMMON.

Vous vous troublez!

IPHISE.

Dis plus-tôt que je tremble;
Tu me fais entrevoir tous les malheurs ensemble.

Tu vois un Dieu vangeur ordonner mon trépas,
Et peut-être, punir mes malheureux appas
Du crime de t'avoir sçû plaire;
Si je pouvois t'aimer, que ne craindrois-je pas?
Je fremirois de sa colere.

AMMON.

C'est trop me cacher mon bonheur;
Aimez-moy, suivez-moy; vous n'avez rien à craindre.

IPHISE.

Moy, t'aimer! Moy, te suivre! ah! connois mieux mon cœur;
Si ce cœur malheureux t'avouoit pour vainqueur,
Tu n'en serois que plus à plaindre.

AMMON.

Non, je n'écoûte rien; marchons.

IPHISE.

Que prétends-tu?
Apprends que, pour sentir une fatale flamme,
Un grand cœur n'est pas abbatu;
L'Amour peut entrer dans une ame,
Sans triompher de la vertu.

AMMON.

O Vertu qui m'enchante, & qu'en tremblant j'admire!
Barbare! elle ne prend sur vous que trop d'empire;
Mais, elle ne vous sauve pas ;
Venez; il faut me suivre.

IPHISE.

Arrête, Ammon, arrête;
Je crains moins la mort qu'on m'apprête,
Que l'horreur de suivre tes pas.

AMMON.

Dieux! mais ne croyez pas que je vous abandonne;
Qu'il s'arme contre moy, qu'il éclatte, qu'il tonne;
Ce Dieu qui vous opprime, & par qui je vous perds;
La vangeance à la main, j'entreray dans son temple,
Dussai-je y laisser un exemple
Qui fasse trembler l'univers.

Il sort.

IPHISE.

Je frémis du danger, où son amour l'engage;
Ah! courons à l'Autel, pour prévenir sa rage.

FIN DU QUATRIE'ME ACTE.

ACTE CINQUIÉME.

Le Theâtre représente le Temple de Maſpha. On y voit un Autel dreſſé.

SCENE PREMIERE.

JEPHTÉ.

SEigneur, un tendre Pere, à tes ordres ſoûmis,
Fût prêt à t'immoler ſon Fils;
Tu vois même tendreſſe & même obéïſſance;
Ah! que ne puis-je me flatter
D'obtenir la même clemence,
Que pour luy tu fis éclatter?
J'ay fait dreſſer l'Autel, & j'attends la victime;
Mon cœur frémit du ſang que tu vas recevoir;
Mon ſacrifice eſt un devoir;
Mais, helas! mon ſerment n'en eſt pas moins un crime.

SCENE II.

JEPHTE', IPHISE.

IPHISE, au Peuple qui veut l'arrêter,

NOn ; cessez de me retenir.

à JEPHTE'.

Seigneur, pardonnez à leur zéle ;
Ce Peuple en me sauvant, croit vous être fidelle ;
Et de sa trahison, c'est moy qu'il faut punir.

JEPHTE'.

Ma Fille, eh ! de quel nom ma bouche encor t'appelle,
Quand c'est moy qui t'arrache à la clarté des Cieux !
Ah ! que tu vas coûter par ta perte cruelle,
De soûpirs à mon cœur, & de pleurs à mes yeux !
La source en doit être éternelle.

Non, rien ne doit jamais en arrêter le cours ;
Tu meurs, & c'est moy qui l'ordonne ;
Le temps pour ma douleur est un foible secours ;
Et cette mort que je te donne,
Je la recevray tous les jours.

IPHISE.

C'en est trop, il est temps que je vous justifie.
Le coup mortel que je reçoy,
Ne doit être imputé qu'à moy ;
Et c'est moy qui me sacrifie.

JEPHTE'.

JEPHTÉ.

Toy ! qu'entends-je ?

IPHISE.

Mon cœur vous doit ces derniers ſoins ;
Du céleſte courroux trop coupable victime ;
Il faut, par l'aveu de mon crime,
Vous laiſſer un regret de moins.
Un Ennemi trop cher qu'il faut que je déteſte,
A fait naître en mon cœur une flâme funeſte ;
Ammon.....

JEPHTÉ.

Ah ! le perfide ! il en perdra le jour.

IPHISE.

Helas !

JEPHTÉ.

Quoy ? tu le plains !

IPHISE.

Dieu puiſſant que j'implore,
Pardonne ce ſoûpir encore ;
Et fai-moy triompher d'un malheureux amour.

JEPHTÉ.

Ciel, fay grace à ma Fille, & me prends pour victime.

IPHISE.

Vous, Seigneur ! je frémis d'effroy :
Eſt-ce à vous d'expier mon crime ?

ENSEMBLE.

Mes cris s'élevent jusqu'à toy,
Dieu vangeur, c'est moy qui t'offense;
En punissant le crime, épargne l'innocence;
Et si tu dois frapper, ne frappe que sur moy.

CHOEUR de Rebelles, conduits par Ammon, derriere le Theâtre.

Qu'on nous ouvre un passage.

Bruit de Guerre.

JEPHTE'.

Quel bruit!

LE CHOEUR repete.

Qu'on nous ouvre un passage.

JEPHTE'.

Quoy? jusqu'aux saints Autels Ammon porte l'outrage!
Grand Dieu, pourras-tu le souffrir?

CHOEUR de Rebelles, derriere le Theâtre.

Que rien n'arrête nôtre rage,
Qu'on nous ouvre un passage:

SCENE III.

JEPHTE', IPHISE, Troupe de Prêtres & de Lévites.

CHOEUR.

GRand Dieu! daigne nous secourir.

JEPHTE'.

Je vais vous deffendre ou périr.

Il sort, l'épée à la main.

Bruit de Guerre.

SCENE IV.

IPHISE, AMMON, Suite d'AMMON, Troupe de Prêtres & de Lévites.

IPHISE.

Que vois-je ? Ammon !

AMMON.

Troupe à mes loix soûmise,
Respectez le Pere d'Iphise ;
Dieux ! où pourray-je la trouver ?
Ah ! Princesse, est-ce vous ?

IPHISE, à l'entrée du Sanctuaire.

N'aproche point, Prophane ;
Quoy ? c'est mon Dieu qui me condamne,
Et c'est Ammon, qui pretend me sauver !

AMMON.

Non, non, il faut céder à l'ardeur qui m'anime.

IPHISE.

Ministres des Autels, prenez vôtre Victime.

Elle entre dans le Sanctuaire.

SCENE V.

AMMON, Troupe de Rebelles, Troupe de Prêtres & de Lévites.

AMMON.

C'En est trop ; renversons ces barbares Autels,
Des cruautez du Ciel, allons vanger la Terre.

Il force le Sanctuaire.

CHOEURS DE PRESTRES ET DE LEVITES.

Dieu tout-Puissant, fay tomber ton Tonnerre
Sur de sacrileges Mortels.

Nos cris sont entendus, l'Air frémit, le Ciel gronde.

SCENE VI.

JEPHTE', & les Acteurs de la Scene précédente.

JEPHTE', rentrant l'épée à la main.

QUe vois-je? du Seigneur le saint Temple est forcé,
Courons...

PHINE'E, à la porte du Sanctuaire. à JEPHTE'.

Qu'entreprends-tu, l'Eternel offensé,
A-t-il besoin qu'un Mortel le seconde?
D'un seul de ses regards tout sera terrassé ;

Tout sera mis en cendre ;
Le Ciel s'ouvre ; j'en vois descendre
Le Ministre de sa fureur ;
Malheureux, fremissez d'horreur.

On voit tomber du Ciel, un globe de feu.

CHOEUR.

Esprit de feu, lance la foudre ;
Vange ton Dieu, sers son courroux ;
Réduis ses Ennemis en poudre ;
Mais sur des cœurs soûmis, ne porte pas tes coups.

CHOEUR de Rebelles expirants.

Ciel ! ô Ciel ! nous perissons-tous.

JEPHTE'.

Seigneur, puisse leur sang suffire à ta vangeance !

PHINE'E.

Tremble, la Victime s'avance.

SCENE VII.

PHINE'E, JEPHTE', ALMASIE, IPHISE, Troupe de Prêtres, de Lévites, & de Peuples.

CHOEUR.

FAvorable & terrible jour,
Du Seigneur des Seigneurs, annonce la puissance ;
Il fait éclater sa vangeance ;
Mais ce n'est qu'aprés son amour.

IPHISE, à l'Autel.

Je meurs ; mon sort est trop heureux ;
Si j'ay trahi le Ciel par de coupables feux,

La gloire de ma mort en ſecret me conſole.
Grand Dieu , je deſcends au tombeau ;
Mais j'y porte un cœur tout nouveau ;
C'eſt à vous ſeul que je m'immole.

PHINE'E.

Quel funeſte appareil ! quel Autel ! quelle offrande !
Quel ſacrificateur ! ah ! d'horreur j'en frémis !

à JEPHTE'.

Malheureux Pere , approche , & que ta main répande
Le ſang que ton cœur a promis.

JEPHTE'.

Moy ! je ſerois aſſez barbare ?

PHINE'E ; en luy preſentant le coûteau ſacré.

Symphonie.

Frappe. Quel ſaint tranſport de mon ame s'empare !
O Ciel ! le fer ſacré m'échape malgré-moy.

Il laiſſe tomber le coûteau ſacré.

Symphonie douce

Peuple heureux , calme ton effroy ;
Le Dieu qui fait trembler & le Ciel & la Terre ;
Tel qu'au Mont Sinaï , par la voix du Tonnerre ,
Nous va faire entendre ſa loy.

Le Tonnerre gronde ; la Foudre tombe ſur l'Autel , & le renverſe.

C'en eſt fait : L'éclat de la Foudre
Nous declare ſa volonté ;
L'Autel qu'il vient de mettre en poudre
Met la Victime en ſeureté.

PHINE'E remet IPHISE entre les bras de JEPHTE' & d'ALMASIE.

CHOEUR.

Ah! quels bienfaits ſur nous, ſa main vient de répandre!
Et que de graces à luy rendre !

PHINE'E.

Habitans fortunez de ces paiſibles bords ,
Venez ; livrez vos cœurs aux plus heureux tranſports.

SCENE DERNIERE.

Les Habitans des Rivages du Jourdain viennent célébrer la Fête, où PHINE'E les invite.

PHINE'E.

CHantez ſur ces charmants Rivages ;
Beniſſez l'Eternel ; célébrez ſes bienfaits ;
Il bannit loin de vous la guerre & ſes ravages ;
Sur ſon Peuple fidelle il fait regner la paix.

CHOEUR.

Chantons , &c.

ELISE, à IPHISE.

De vos beaux jours le cours ſe renouvelle ;
Vous tariſſez la ſource de nos pleurs ;
A la clarté la Vertu vous rappelle ,
Contre la Mort elle a des traits vainqueurs ;
Dieu n'eût jamais d'image plus fidelle ;
Par la vertu , regnez ſur tous les cœurs.

On danſe.

ELISE.

Tendres Vœux, Soins reconnoissans,
De nos cœurs enflammez volez comme l'encens,
Jusqu'au Trône du Roy de gloire:

Annoncez-luy que ses bienfaits
Avec d'ineffaçables traits,
Sont gravez dans nôtre memoire.

Tendres Vœux, Soins reconnoissans,
De nos cœurs enflammez, volez comme l'encens,
Jusqu'au Trône du Roy de gloire.

On danse.

CHOEUR.

Chantons sur ces charmants Rivages;
Benissons l'Eternel; célébrons ses bienfaits;
Il bannit loin de nous la guerre & ses ravages,
Sur son Peuple fidele il fait regner la paix.

FIN DE LA TRAGEDIE.

APROBATION.

J'AY lû par ordre de Monseigneur le Garde des Sceaux; La Tragedie de JEPHTE', *tirée de l'Ecriture Sainte*, dont on peut permettre l'Impression. Fait à Paris le quinziéme Decembre mil sept cent trente-un.
Signé CHERIER.

Par Traité passé, DE L'ORDRE DU ROY, *pardevant Notaires, le 22. Novembre 1727. entre l'Academie Royale de Musique, & le Sr.* BALLARD, *Seul Imprimeur du Roy, &c. Il est Cessionnaire de ladite Academie, pour ce qui regarde les Livres mentionnez au Privilege.*

www.ingramcontent.com/pod-product-compliance
Lightning Source LLC
LaVergne TN
LVHW020041170826
845678LV00001B/359

9782329692050